上野芳久詩集

# 遠い旅

shichigatsudo

# 目次

カバー写真　岡島のぞみ

# 遠い旅

# めざめ

やさしい風が朝の香りに乗って
めざめがやってくる
さ迷いから中心を見つけたような
そんな予感の野のひかりが差してくる
満天の星に明けの星があるように
非望の野原が明けてくる
未来は幻想のように道を描くものだ
ならば道を拓く
掴みなさい　無為をふりほどいて
声なき声の谺に導かれながら

誘う求望の花を野や谷に見るまで
風が遠くで渦を巻き
祈りとともにあなたにやってくるなら
めざめは眠りの時の果てに生まれてくる
仏心が浄土を描いたように
それは求望の空のひかりに現われてくる
凍てついた時が溶けるように
静寂の芽生えが愛を呼ぶのなら
それはひとつの世界、宇宙である
捨て身になって空を望めば声も生まれる
未曽有の世界ほど夢を継なぐものはない
なぜならば道は拓くものだから
風に吹かれて平和を願おう
合掌は一瞬でも調和を祈ることである

苦難な道があってこそ花は咲く
過去も未来もそして現在も重く大切だ
今を生きる時の大事さは
そよ風のように告知される
覚めた空を望んで生きたい
どの道を歩いて行こう　明らめていこう
尋常に熱の心をいだいていれば
空に道はできる　花も咲く　きっと
だからめざめは深い夜を超えることだ
闇と光が自然の内に調和するなら
人の世の夜と朝は溶けあうはずだ
旅は風の中に発見を視るものである
さすらう風にめざめが訪れる
それを希望と呼ぶのなら

夜からめざめて歩行しよう
きっとそれは覚醒、めざめにある

# 葉がくれ

葉群れに女人像が見える
あれは菩薩ではないか
祈りを込めた原像を描くことで
生命の尊さを物語った
緑葉が生い茂り　それは静謐なものだが
仏の信仰が生み出した幻像であった
今を生きる大切を秘めることで
命の尊さをそれは告げるのであった
情動は燃え、そして鎮まり
旅路の怖れをはらう

彼岸と此岸を幻として永遠に留めたものだ
現し世の破壊を調和へと導くような
秘めた祈りがそこにはある
法華行者の修養の奥で
みなぎる力で生命を生きよと
底深い山彦の沈黙が
苦悩を癒すつかのまの安らぎとして
それは現世に遺されたものだった
観音菩薩の微笑と掌が
古来よりの幻像として現われたものだ
傷深く空白の歳月が
修養の時でほどこされた愛の波が
今を往く旅を後押ししている
波の声に恩赦を知れば

燈台の明りに航路を定めるように
旅果つるまで求道であろうと
その旅は悲願を含むものとして
その幻像は無事を祈るようであった
自然を神として
諭す声が蘇って浮いてくる
いつか必ず死はやってくる
無念で去った画僧に思いやれば
まだ足らぬ覚醒が飢えとなって開くのだ
夜空のような未来に　自燈明を念じて
菩薩は命を尊く生きよと
それは秘めやかに告知をしているのかも知れぬ
現し世の波荒き日に
調和を告げたそれは祈りの像であった

緑の葉群れに女人像が現われている
旅の無事を祈るように
苦患が少しでも和らぐように
秘して合掌の想いで
生きる尊さを覚えるのだった

# 虹

森に架かる虹を見た
天然の現象は何故に神秘なのか
茫漠として荒れた天候の内にも
そして、苦しめる不眠の歳月にも
時を経れば森に虹が架かる
それは比喩なのだ　大島山麓の眺めで
思いがけない光景に息を呑んだ
常人から見ればたわいもないことだが
谷深く歳月の空白を生きたものにとって
虹は比喩を現わすのであった

待ち望んでも苦界は癒えなかった
旅の彼方に虹が架かる
万丈の見果てぬ夢が　凍てついた空に
見えぬ未来におののく他なかった
無為に時が過ぎ　明日も解らぬままに
無言は透明な谷を用意していたのだ
いつかは晴れるとも信じられなかった
必死の中で息を呑み　震える時の流れの中で
無情の歳月は病める空白を生んだ
平和が訪れる　それは虹の話であった
いつしかに生まれ変ったのかも知れない
再生は旅の用意で出立をした
修羅ははかなくも燃えるものだ
心願に霧の道標をうちたて

果てるともない無限の空の旅に出た
それは面影への鎮魂であり　断罪であった
苦しみ悶えた夜の行路に　再生の願いは
果てのない旅を用意したのであった
多分闘いはそれから始まった
許されぬ罪を償うために　求められる何か
相克の苦しみと愛が　その時覚醒する
旅の途上で森に架かる虹を見た
それは天然が現わす神秘の喩であろう
それが脳裏から離れず
あれは感動というより神秘の教えであった
深みにはまったら虹を思おう
雨後の世界は自然が諭すと
覚悟を望んで再生の旅に出た

虹は希望の中心である
蒼天が描く神秘の画像である
傷みに耐えても虹を望もう
不安と驚きと危機の谷に晒されたら
きっと自然は虹の夢を現わすと
視えないながらも神に祈ろう
そして大きな羽撃きで鳥は飛んでいく
森の中に虹が差している
それを比喩として希望を探そう
現し身の森に虹が差す　その現象に
遠い回想で見た驚きの光景が
期して蘇るのであった

# 帆

帆を広げよう
それは慈愛とともにあるのだから
荒波が立ち、それでも風を受けて
舟は目的のために走るのだ
定めのような旅のゆくえに
人は帆を広げて風に立つ
常に微笑をたずさえて
舟が難破せぬようにと　帆を張り
風との調和で先へ進むのだ
破壊の不幸が旅先に見えるのなら

たぶん祈りは慈愛によって保たれる
悪夢のような破壊の世界は　調和ではない
波に揺られながら　帆を広げて受け止める
そんな原像の舟でありたいものだ
時の流れに待つしかない傷痕の治癒もある
波荒き危機の祈願が
帆を張る慈愛を深め広げたら
日は荒波と太陽によって自然を認む
期して再生を願うならば帆を張ることだ
万物流転の法の定めを知れば
悠久は不動の中心の声によって蘇る
燈台の明りが夜の航路を定めるように
自らも灯明となって空を明らめることだ
祈りは平和への願求である

深淵に立ち向かう海の深さから
慈愛が下りの美学となって表われるなら
それは悦楽の光景となって深まりを見せる
優しい風となって声を運びなさい
それを産むのが宿命と定めれば
慈愛は呼び声の風の帆となって
全人的な喜びの褥の風力となり
人々の航路の舟となって旅を果たすだろう
雨風があって季節は流れる
常道軌道を深めるために帆を張ろう
流れる涙からは喜びと生きている幸を知る
歌のような風の音楽に舟が浮かぶならば
覚めて帆を張る深みを望もう
朝がくる。自然の法理に覚知すれば

平和を望む祈りとともに
慈愛の深さをもって帆を張ろう
帆を広げよう
それは何よりも慈愛を産むものだから
さんざめく太陽の海の平和のために
帆を張り　祈願の旅を果たそう
祈りは自然の神とともにある

# 谺《こだま》

山の風の谺が帰ってくる
もうひとりで歩きなさいと
後押しされて野の小道を歩いてきたが
独りで見る発覚を告げよと
遠い谺は空の奥から告げるのであった

巡礼のような旅をした
償いも無念も鎮めきれぬままに
旅の用意は時の峠を越えよと
静寂の中を淀みのない声で訪れるのであった

あるがままで良いと
それは時の深みに落ちた谷の季節の声であった

苦しみも悲しみも　歓びの季節の希望を生む
振り返り、そして望み、今を生きる
その果ては情動あるがままに
静かに声を潜めて
無言の底から泉が涌くように
無窮の空は果てなく拡がるのであった

捉われから離脱すること
成すべきことは自ずから道として定まる
かけがえのない喜びのために
旅を果たす沈黙の感興のために

微笑は常に定めてなければならぬと
峠の風の声は告げるのであった

おのが宿命を定めと負って
それは星空のごとく動く今生の役割
万象はまずは仏のごとく　そこに在り
慰め喜びを産むため現象している
人は苦しみ悲しみを越えて喜びを希求する

野末の花も季節を知るように
雪解けを待って声なき声に咲く
ひとには役割りという負うべきものがある
できうれば喜びを友とし
生きとし生けるものみな神聖を保つものだと

独り歩きを風が告げた常道を
静寂の中に見るものだ

どんなに苦しみの風が季節に吹こうとも
乗り越える果てに道は在る
独りであってひとりではない旅路が
救抜の声を支えている
後押しされる風の旅も静かに沈めて
未曽有の世界に旅立つのだ

風の谺が聞こえないか
それは喜びの予感に震えて
涌き水のような透徹した眼差しから生まれてくる
それを求望する飢えと乾きが

荒波の歳月を越えて開いている

独りであってひとりではない旅路を遠望すれば
多分喜びの予感に人は生きるものだと
信仰にも似た祈りの里が見えてくる
谺に答えよ
もう独りでも道は行けると

# 季節

やがて季節もおとずれようか
里山を歩けば風が鳴る
いずことも知れず神妙の道を行けば
過ぎ去りし日から声が泣く
無念を胸に秘めた季節を思えば
季節は空白の悪戯の空が涌く
無情の時は過ぎゆくままに流れ去った
もしも愛が深い情動に流れるものであるなら
不滅のように空の雲となってあるものか
無情の訣れが旅を用意するものならば

それは鎮魂の深い鈴音となって
日々時々に響いてあるものだ
生命は末後も迎えるものであるとすれば
それは種の起源の自然の宿命であろう
宿命ということばに紆余曲折を知れば
幸も不幸も道程の森と谷として
いさめる情動の浮き沈みは
里山の道の旅のように身を行方にあずける
旅に行き暮れたら過ぎた日の灯しびを思おう
それが未来への投影として映されるなら
峠また峠の遥かな道標を思うことだ
あなたが旅人で道に行き暮れたならば
空の深さは無限の季節の宇宙にあると
命の尊さを継ないだ空の深さを思おう

きっと太陽は宇宙の中心に働く
その下に命の光明の営みを知れば
薄い危機の谷も混濁に暮れる現況も
静かに歩いて行く道が見えるかも知れぬ
地蔵尊も旅の行方をうらなって
きっと幸の木霊が蘇ってくるものだと
その祈りを望めば応えてくれるだろう
行者は声深く喜びの空を求めて
樹木の芽吹く季節もきっと来ると
命の営みは自然を告げるのであった
里山に帰ろう、それは木霊だから
悲運も宿命の内だと肯えば
未知の空もまた憧憬を孕むものだと
森の木霊に誘われて非常を超えるのであった

祈りを静かな灯として空を望もう
あなたは旅人だから風に吹かれて情動を鎮める
追い風、向かい風、今に生きる希望を抱けばいい
逝き去ったものへのそれが巡礼の供養となれば
鈴に耳を澄ませば声も生まれる
宿命の道筋を辿ったものであるとすれば
全ては今を幸と願い静かな時を過ごせるものだ
里山に祈りを込めて幸を願う
その道程の宿命を生きる

# あるがまま

自然に溶けていけばいい
それがあるがままということだ
空には満開の桜が癒しのように咲いている
歳月が崩れ落ちる微震のようなものがあった
行き暮れる無明の時に季節の匂いはなかった
枯木のように潜めて呼吸をする
そんな夜長に醒めて耐えていた
心身が働くことを拒否し
暮らしの危機に脅えながら
深みにとはまる恐怖のおののきが夜を醒ました

自ら立脚する自然を持たずに
遠い空の深さだけが茫然のように訪れた
何故だか時の風の吹く理由がわからなかった
季節は幾度もめぐるというのに
解けない谷の季節にあえぐ他なかった
あるがままに成すことを成す
その教えはあまりにも単純に見えて深かった
そして断崖も迫ろう時に
非常の事態が襲ったのであった
それがまた旅に出る契機とはなんと不条理だろう
歩行は一歩一歩芽吹くように
あるいはまた闇の中に灯火が見えたように
明けぬ夜はないと信じて
過ぎ去りし日の鎮魂を時に念じて

旅立つことに覚めたのだ
それは灯りのない道のようであったが
咽喉が乾き、夢を追うように
たぶん希望と呼べる未来を念じ計って
空に合掌を覚え、旅の夜空に出たのであった
旅立ちが亡き妻の願いであったかのように
それは彷徨の行方を静かに憧れ、望むのだった
季節は流れ足跡も道標も幻影に立てた
幾度も覚悟しなさいと諭されて
それがいつになっても解らない
桜が咲き、春爛漫になっても
季節の深い空白は埋められぬのであった
十年ひと昔というが、季節も知らぬまま過ぎた
どこに太陽の野の光はあるのだろうか

覚めてもあるがままの姿勢で旅する他ない
そして邂逅が目を覚ました
歩に習おう
それは宿命から灯しびを生むものだから
声は一時の定めと知って念願を果たそう
それを願う者の声のおとずれ
切り立つ断崖から野や森に出て
夢の花の実現を果たすために整えよう
風の中心は己にあるものだ
あるがまま生きるとは成すべきことを成すことだ
ならば旅の行方を明らめよう
それを希望と呼ぶなら、果てのないもの
川辺に桜が咲いている
幼い頃の苗木が立派に青空に咲き誇る

自然の季節も風の記憶に残る
やがて散りゆくものだとしても
季節のめぐりを教える散花であろう
あるがままにある
それを自然のめぐりとして時と寄り添う

# 遠い旅

嵐が去ったおだやかな日和は
十全な営みに　得心する
縁《えにし》というものは深まりを持っている
漂う可能性と不可能性が境を持って
遥かな旅路の道標となって
それは歩みを一歩前進させる

喜びを得るために
あるいは楽しみの深まりを潜ませ
慈しむ空の光に　熱情の声を聞く

季節はめぐる五月の空に
遠い旅へのいざないは生まれるのであった
めざめは関係の深まりの果てにやってくる

生きとし生けるものはみな宿命を負うように
それぞれの旅人としてあるものだ
いつしかの時をへて　蘇る記憶があるなら
それは遠い旅の軌跡かも知れない
空に今生の祈りは潜ませている
思慮深くあれと諭す声を踏んでいる

道半ばにして倒れた者や
誘蛾灯の橋を歩き渡って
そぞろ記憶の川辺を思い起こせば

信心の遥かな思いも生まれるものか
遠い旅路に開かねばならぬ道がある

醒めて発端のめざめを求めれば
成すべきことを成す旅の夢もおとずれる
いつしかに記憶の峠を思い起こせば
身辺もまたひとつの宇宙であると
その変化と変容を深める求望も生まれるのだ
世界は動くそして深みを見せる

記憶の深い微風を感じて
遠い旅路は憧憬といざないが呼ぶのであった
宙空に光を求めて
彷徨もまた十全の流れであると

祈るような仕草で道行くのであった

まごうかたなき空の旅路はどこにあるのか
日の充足を願い
原郷遥かに道を尋ねれば
情動も静かな火となって燃えてくる
世界は動く　宇宙も自然に動く
あるがままに身を寄せて旅路を行く

時はゆるやかに過ぎていく五月
祝福の念願を込めて旅を歩けば
無限の空の深さに求道の遥かを重ねれば
限りある命を尊く生きよと
求望を超えて祈りの合掌をするのであった

世界は深淵を持っている
遠い旅とは求望の道
それは多分命題の愛に気付くこと
そして幸と平和を望む場所
常軌にそれを尋ねれば
それは調和としておとずれて
合掌に結ばれてくる

# 脱皮

そして自分は脱皮した
閉じられた世界から　開かれた世界へ
希望のように　季節が移ろうように
粉雪が舞い散る雪原の世界から
望むべき所の　緑蔭の幻の原野へ
ゆくべき道に霞がかかり　それでも
通る世界の回廊のように
深く微動の野心は　望む所であった
さんざめく星夜と　さんさんと太陽と
閉じられた扉を開けるように

痛みと快楽を持って　世界の脱皮を望む
病める眠りから醒めたように
樹木の光を望むように　砂の時の地から
雪解けへと向かう季節のように
深められる縁《えにし》を発願とともに
行くべき道の定め多きように　今の
自分を超える脱皮を望み
さ迷いから希望の道へ　その深みへと
向かうなだらかな坂道は　無明のものであった
負うべきものは自己の定めのように
飢渇の砂漠に望む潤いのように
来たるべき季節の邂逅を望み
脱皮は　蝶の羽化の自然のように
訪れるものをよく受け

情愛を祈念として　それは起こるのであった
静かな夢と幸いを願い　脱皮する
移ろう季節の産声のごとく
祈願の道に喜びの邂逅を願うよう
脱皮は静かに自然に起きる
そして花咲く幻の野を求めて
念願を生み育てるように　風を受けて
脱皮の証しを刻印として掘り進む
変化変容の季節の風を受けて
信仰にも似た宇宙のめぐりに　脱皮は
朝のめざめのように静かに望む
広い関係の縁を情動の糧として
産声の新鮮さに打たれて　脱皮をする
その時気付くものは未来への誘いである

揺動から中心を見つけたような
空に脱皮への祈願が望み　生まれる
光と影と　夜と昼と　日はめぐる
苦難を超えて脱皮する　その希望がある
山河が自然に移ろうように
宇宙の変容を受けとめ気付く
多分脱皮は夢を追うことで起きる
それが遠い旅への発願であるのなら
とどまらずに行くことだ
脱皮は起きる　そして脱皮を自然に感得する
その先に何が見えるか
それが旅の情動の発願であろう
脱皮に気付く　自然に気付く

# 淡い光

淡い光に
雪解けの季節の時節を覚えながら
失われた日々の歳月を顧り見る
非望の野原に時は足早に過ぎ
迷走の谷を漂っていた
点々と山越えの時節は見えなかった
涼やかに非常の時は
谷に流れる水音さえ打ち消し
夜の醒めた原野の中をさ迷っていた
光というものが見えなかった

失われた深い歳月の砂の原は
道程の標さえ見えず　漂っていた
明りが見えたのは何時のことだろう
必死を生きる力のもとで
乾きにそって昇華を覚えた頃だった
船が航路を定めるように
その宿命を覚え気付き呼吸が生まれた
波打つ断崖を越えた頃から
産声をまるで結実させたい望みのように
常道は太陽のめぐりのように
見果てぬ夢を追う鳥のように
わずかな自由と解放の夢を負ったのだ
原野森羅万象に淡い光の道標が霞み見えた
それが遠い旅の始めとは

はからずも解らなかったが
十全なる生の充実を夢見　希望のように
淡い光に誘われて旅へと立った
失われた歳月は帰って来なくとも
それを原野に吹く風と受け止めて
むしろそこから夢を紡ぐように
遠い果てまで結びきれればよい
上手は非議の中にあった　歪んだままで
未明の淡い光に誘われて
できることなら自分に負けないことだと
その暁雲は空に告げるのであった
森を越え野を越える鳥のように
自由への願望が乾くなら
希望は歓びを深めるように

そうして夢の道に息深い草が茂るよう
期して闘いとはそういう己れを超えることだ
淡い光が陽光とともに訪れる
それは谷深く望んだ光の橋のごとく
森の樹林の夢の中から射してくるものだ
道程を生きよう
歳月に霞の記憶の谷があるなら
光を望んで生きよう
それは宿命《さだめ》を負う所から生まれてくる
淡い光が見えたらそれは希望だ
道なき道を拓くように与望の基だ
光を生きよう　それと共に生命は育つ
緑の求望が日に望むなら
それは宿命の内に見える光線である

淡い光が森に射し込む
それが求望の道なら　道を明らめる
それは生が祝祭と変る時だ
黎明のように明けぬ夜はない　と信じて
空の高さまで鳥の幻を追おう
淡い光に鳥影が翔つ
そのゆくえは洋として知れない
静かな勇気を持って空を望もう
その時宿命の旅は与望と開ける

# 独立として

時の流れを充足させるために
独立として歌を唄う
危機として薄い粘膜を張りながら
静かな声の産声を
白紙の空へと解放をしてやるのだった
時の空白を埋めるための飛散
いつしかの習性が定めとなって
間近に見る原郷の風景
その後に独立として遠い旅をするのであった
愛恋は底深く記憶に沈み

現し世の見えない灯火となって
その伝言をつとに受けとめ沈むのだった
独立として歌を唄う
それは鎮魂であり光の道を拓く微笑であった
まどかに充足を願い謹み入れば
原郷は深い眠りの里として訪れる
花の宇宙は何故に季節を告げるのであろう
独立として自然の奥義に従うためだ
太陽のめぐりに独立として神秘を唄う
無頼の野の光は何処だろう
静かな部屋で諸行所作を覚えれば
熱の伝導は伝わってくる
苦境を超えた独立の旅として
深められる空は無限無窮のものである

他力の本願を望めれば世界は動く
縁の深さと広さをそこに覚えれば
独立として生を営めば
微動だにしない快楽《け》の深淵も覗かせる
原郷遥かを夢想で旅をすれば希望も湧く
花粛々と凛と朝露に濡れて咲き
独立として邂逅は果たされる
それぞれ宿命を負った出会いが間近とすれば
鼓動は熱の日のめぐり逢いとして
その軌道の出会いは深くあるのだった
独立として歌を唄う
それは神妙な内なる闘いである
無心になれば自ずと旅は生まれて見える
独立として遠い旅を彷徨い歩く

その深みが深いほど快楽と充足の時が湧く
風に尋ねれば原郷は夢の古里
見えないながら泉のように水が湧く
待つことは独立として希望を生む
その道程が深ければ
山里の夢の花として紡ぐことが出来る
独立として空を望み　遠い旅をする
そこには営みの神性が宿っている
離れて独立として縁を深める
現場とは向うから訪れるものだ
独立として花を見　花を歌う
そこに妙味として自然の法理がある

# 伝言

ふり向くと野に轍が見える
朝の光を受けて歩行が照らされる
尋常も自然と営めば
そこは道を旅した常念の古里
熱の結晶がい並ぶように遠い旅の行方を知る
人の深さや祈り声が
何処か忘れていたような時の定めに出合う
動かし難い一生の出来事が
自然と定めと未知の空を望むならば
意味は充足の内に訪れる他なく

対話が永続するように不朽の愛に目覚める
伝言は覚めた野に訪れる
美しく深い逸話のように
時は流れるままに深い空を定めるものだ
並の野も集いの祭りが近づけば
癒される感興に満たされるはずだ
伝言は深い野に気付き訪れる
奇しくも伝言は未来の野に響いていく
信仰のように時の清浄に聞こえるものだ
人に声を伝えるとは何か
微動だにしない轍をそこに残すことで
一生の微笑は果てでもなく叫ぶ
世を乗り越えるとは大抵の事でなく
伝言に伝言を重ねて仏道のような目覚めに湧く

野に轍が見えるとは幸いなり
未明を越えて歩行を踏めば
野は恐らく深い轍の記憶を茫と残して
人は生きる充足を常に願うものだ
遠い声の沈黙も野の轍として糧にせよ
移りゆく原郷の泉を常に望む
伝言は風のように空を巻いている
声と言葉の大事さを温めながら
常に前途を己が未来の灯火と定め
寄るべなき夕景の標べと浮かべて
誘う声に道は遠い旅となるのであった
生きよと命ずる伝言がある
それは風のように謹みやかで目覚めである
人間は無数の伝言によって覚めた空を望む

そして伝言とは灯火の集合のように
旅行く空を温めるものだ
常時伝言に支えられているとすれば
それは轍の光彩として平和でいられる
その発覚の祈りの声なのだ
尊く生きる願望が産む声の発光なのだ
轍が深ければ深いほど感受出来る
人は無数の伝言に寄って支えられている
遠い山の谺のように谷の響きのように
それに気付く者は幸いである
轍からは伝言が反響する
人は季節をめぐるものだと風が言う
風の声を聞いて目覚めに向かおう
その時伝言は野の光として射してくる

生きねばならぬ自然の季節に添って
伝言は常に透明に映され出ずる
轍を充足として深めよう
草の野に歩行を踏みしめれば伝言は見える
そして風の声の中に蘇り指標を記す
人生に良き轍の足跡を
朝窓辺に光彩の道を拓けと聞いて
それは遠い旅への反響として
湧いてくるのであった

## 出会い

扉を開けよう
それは未明の野の光を浴びるものだから
邂逅が自然の野の内に生まれるものなら
そこに懐かしい声と希望が潜む
踏んで歩行の轍をふり向けば
幸いは深くいたわりと喜びに満ちる
いつしかに遠い港を出たように
故郷のような原点に戻れる
出会いは幸を呼び込み
越え来たならば峠もふり向けるだろう

青春の振動をそこに見れば
出会い再会を情動の根源として
それは波止場となって旅行くはずだ
出会いは人を成長させる
ならば成長を性《さが》の定めとして
そこに寄り添う喜びの声のために
訪ねる感慨も陽炎となって導くはずだ
道と道が出あうその波の声は
確かめ合うより生命の祭りごとのように
移りゆく季節を慈しみ合える
出会いを縁の深まりとして見れば
一本の樹木が万葉を繋らすように
遠い果てまでの旅のように
それは風の結び付きを生むはずだ

人と出あおう扉を開いて
自ずと風が扉を開けるように
野の光は深まりを見せるまでに
邂逅は無限の遠い道を見せるはずだ
生きとし生けるものみな情動の痕跡を秘めて
苦しみ悩み喜びを携えて
出合う時に醒めた産声を発見する
出会いは常に成長への糧である
まどかな雪の道を踏みしめるように
出会いは秘そかな雪まつりである
出会いが待っているこの地に
根付いて花咲く季節を望むように
そこに生きる喜びは見い出せよう
誰もが越えて来た峠や谷がある

それに逝った者の幻影さえ寄り添うのだ
歳月を越えて出会いがむすばれる
その縁は古里であり波止場であった
喜びあおう生は祝福されるものだ
無言の掌を結び合おう
遠い憧れが未来に見えるような
出会いは自然の縁の祭りである
扉を開けよう
それも風の自然に身をまかせて
実り多きよう願うのが出会いというものだ
旅した風によって扉が開かれる
それがすでに定めを負うように
すでに野は光にまぶされている
どの道を行こう

遠い声が出会いの求望を呼んでいる

# 祭りの後

祭りの後は再出発である
一段ずつ登りつめるように
温情の応えは前進の祈りに燃えることである
滝が自然にその岩肌に落ちるように
飛沫となってその周囲は満ちる
真情の伝えは出会いを祭りのように定める
思いがけない祭りがあった
そして祈りが通じたかのような集いがあった
本当に神妙の働きというものはあるものか
それが信じられる時空を超えて

まるで祭りが古郷の祈念であったかのように
命の山また谷を越えて
美しい涙も産まれるものだ
祭りは祝福の声に満ちてあった
それは逝き去った者の面影も抱いて
情動秘めやかに尚元気の挨拶となって
微動の笑みがあふれるほどに満ちて
歩んで来た道を振り向き燃えるように
忘れてた記憶さえ蘇生する時を生み
無言の捻出の微動が伝わるのであった
それは夕暮れなのか朝の希望なのか知れない
生きてあることの幸いを無言ではずみ
原郷ふるさとの野の希望のように
その祝福の声の深さに余韻は冷めぬのであった

いつしかに出会いは無言の祭りとなって鎮む
祝福を受ける祭りがあった
そしてそれは遠い旅への祈願の出立を告げた
真性なる声の祭りには神が宿るのかも知れない
いやさかに微笑と声が燃えれば
この幸は山や谷を越えきた歳月の
深い挨拶の声の祭りなのかも知れぬ
そうして旅立つ希望の空へと結べば
再会をも誓い合う掌の握りに
無為の時に暁が照らすように
それぞれの道に沈み抱かれるのかも知れぬ
道迷う時は古郷を思え
それが明らめる道をきっと導き充足の時を生む
かつて経験もしたことのない出会いの祭りがあった

互いに抱き合う事は生命の祭りである
そして祭りの後には出立が待っていよう
そう星が満天の希望となるよう
道という希望の原野への旅の用意がある
太陽のめぐりに精根を込めて
真摯な深める求道を行く祈りを誓えば
祭りとは求望の讃歌の尋常であろう
慈しむ野の果てに祭りは誕生する
そしてまた会おう　それが希望の祈りとなるまで
静かな勇気を持って旅立とう
悲しみも喜びもそこでは分かち合えるはずだ
越えなければならぬ山谷もある
そして道行く旅人を見たら挨拶をしよう
無事に時を過ごし日暮れには感謝をしよう

そして歳月の足跡が確認されたならば
それぞれの道の旅を果たそう
きっと平和が訪れると祈念を打ち
祈りの合掌の姿を深めよう
遠い記憶の旅から生まれた祝福の祭りがあった
幸いを願う旅愁は深めねばならぬ
それが宿命の轍の前進を意味するものなら
祭りの後は遠い旅への出発である
祈りを深めよう　そして又会いましょう
旅の深みの希望の道を仰ぐなら
祭りはきっと神が与えた最善の祈りであった
そして祭りが成長の兆しならば
兆しの光に打たれて道を深めよう
祭りの余韻は胸に刻まれてある

そして未来が幸多きよう　祈る
自然に　あるがままを念じて祈る

# 流水

湧き出た水は千年の歴史を持っている
生まれ出た命は万年の繋がりを持っている
命とはそういうものだ
それが遠い旅をする
透明な時の流れで自然を愛し
再びは戻れぬ旅をする　流水
その定めは択ぶよりも択ばれる
産声が湧き水ならば
人は水の流れとなって育つ
時には渦を巻き　時には早流となって

その宿命の旅を許される
水がせせらぎを響かせながら　流れるように
人も本来鼓動を響かせながら　育つ
渓流のような幼年の時の無邪気
水の働きは命の讃歌となって
時に沈み　時に流れ打たれる
清流のような空の青さに戯れる
遊びが無為な楽情ならば
水は岩と遊び　石を洗う
季節は定めとなって水は流れる
濁流の時の流れもあろう
そして水溜めの淀みもあろうか
青春とは水に乾き目覚めの深みへと向かうものだ
挫折があっても時は流れる

絶望が希望となって水に流れれば
広い野の流れも草露と霧に巻かれるはずだ
流れは旅をする　そして命も遠い旅をする
それが憧れのように落ちる
憧れ、この希望の行末を誰が見ただろう
生老病死の人事の故郷が
定めのように水の流れに現われている
川は河となり　経験出来事に深みは定まる
いつしかに故郷をふり向くように
生誕から死滅に至るまで時は流れていくものだ
晴れた日も雪の日も
自然は尊い命を水の流れのように定める
愛恋の情も水に流される
そして命を繋ぐように時は水の棲家を作る

命が営むように水は流れる
景色はいつでも夢の中だ
人は舟のように水を下る
河が幅を広げるように歳月は重なり合う
それが流れの定めの道なのだ
用水のように人の定めも働こう
いつしかに山河が望めるように
記憶の故郷は常に望んでおこう
水は流れて海へと渡る
ならば人にとって海とは何処か
美しい山河を望めるほどに　遠い旅は
果てのない荒波を越えて
風のままに行き着く場所
情念の深まりは驚くほどに自然を生む

祈りはすでに河のように深い
そして海へと混流する夢の旅
人は川のような旅人である
そして海へと漂着する羇旅の歌人である
夢をどこまでも追い続けるのが海である
そうして海は燃える
燃える海に幸いあれと祈りつつ
遠い旅の夢を追う

# 暁《あかつき》

暁に立つ
それが旅の始めであるかのように
星空は神のごとく暁天に染まり
道行く空の遠さを覚えるのであった
常時を越えて縁の深まりが明るみを増す
ほとんど見えなかったものが見えてくる
歌人は正念を超越し
静まりかえった野に歌声を上げるのだった
向かう道は明るみなのか落着の空か知れない
ただ縁の深さが驚くほどに広がり
それが喜びとなって
旅路の果てまで追い風となって吹くのだ

見えなかったものが見えてくる暁に
至福は見えない炎の火影となって
旅行く先から呼び声が響くのだ
星空は常道軌道であったとしても
夜深く越えれば朝が来る
行って星が輝くように
朝露に濡れた道を分け入り
未踏の地を踏みしめて歩くのだ
それは夢の道でもあるのだから
誰かが明らめ拓いていかねばならぬ
行路定まらぬならば一点の星を見よ
その明星は計り知れない命の神となって
縁の広がりを希望の原と化し
無常を越えて暁を照らすだろう

空が明るみはじめる
それが黎明の讃歌となって
底深く沈んだ非望の野から暁天を呼ぶだろう
深く谷に落ちた歳月があった
その空白は呼び戻せぬものであるが
轍を残すことに希望を込め
歩いた先に思いがけない暁天があった
祝福される太陽の明りが
空を染めるころ旅の宿命は果てのないものとなった
そして歩行は静かな沈黙である
草露に濡れた草花がひらくように
この一身に秘めやかな讃歌が聞こえるのだ
無量の想いで歳月を振り向けば
歌を忘れた砂漠の季節もあった

そして歌おう
夜明けは必ず来ると思う信仰に
神仏はまるであるかのごとく
縁は縁を呼び深め
さらなる広がりへと深い声が歌となって
その広大な野の暁が呼ぶのであった
旅は未開の地を拓くことである
ならば一層自ら覚めて
伽藍の時の深淵により深く降りて
信仰にも似た覚醒の空を望むことだ
暁に立つ　その時世界は回る
現況煙る世界に杭を打ちつけ
その世界の変化に向けて旅の宿命を負うのだ
いやさかに言の葉で世界は動く

それが信じられる歌人の根拠がある
踏んで轍から目覚めた歌を唄おう
高らかに天の沈黙の歌を聞き
現し世の夜空を明けて天に立つ
明星秘そやかにまばたく所で
暁に向かって道に立つ

# 愛の世界

愛は海
寄せては返す波のように
自然の光景の深みに生まれる
宇宙の誕生の逸話のように
それは至上の夢の故郷である
空が太陽の光にまぶされるように
輝く夕波の歌声である

愛は空
宇宙の碧空をあおぐように

風の行き交う温情の高さである
宇宙の月夜に舟を浮かべるように
風を寄せ風に漂う
空の無限に高さがあるように
それは計り知れない深さがある

愛は大地
根を張るほどに葉は繁る
美しい花が養分で育つように
悠久の風雪にも耐えるもの
無償の愛ほど生まれる褥はなく
大地の不動の風に揺れるもの
生まれるものが母の大地であるなら
それは風に包みこむものである

愛は風
求めるものと求められるものが
宇宙で交差し誕生の物語を始める
そして流れる雲が自ら来て去り
風によって模様を変えるなら
愛は風のような歌声を生む
そして悠久不滅の時を刻む

愛は森
実り多き果実を運ぶもの
緑葉が繁る森の深さに歳月を結ぶもの
そして風が抜けるように無償にはずむ
鳥が鳴き声を森に響かせるように

求愛と誕生を自然にゆだねるもの
鳥は帰る所に里の温みをみつける

愛は太陽
昇る陽差しに結ぶ光の糸
日暮れも朝焼けもその働きで宇宙をめぐる
光は花を育て宇宙の中心に在るもの
妖精が踊る夢を生み育て
明るみの原素となって光を放つ
太陽は宇宙の母であり至上の中心である

愛し合うことの深さは計り知れない
眠る時を覚ますもの
宇宙が光年を数えるように

不滅の深さで時空を超える
海に島が浮かぶように
それは悠久の光景を生み
讃歌の細波に洗われるもの

愛をいとしむ希望があれば
最高の喜びを完全にするもの
海を生きよう　風を生きよう
そして常に太陽に向かって夢を生きよう
自然は神とともにある

# 長谷寺遠望

風が甍を越えて吹いている
杜に囲まれた寺院長谷寺を遠望すれば
そこには祈願の里が見えてくる
幻のごとく空は褐色に染まり
旅の途上に深まる郷愁が涌いてくる
そこは祈りの里なのだ
幾歳月を越えて佇む寺院は
情動無常を鎮め　旅人を癒したであろう
そう渇きは人の懇求の定めなのだ
そこから希望の灯を求めて人は彷徨う

懇願は無窮の空のごとく　人を癒し
人事の落ち着きを計らうそれは夢なのだ
祈りが深ければ景色は色濃く夢を誘う
この世には鎮魂と希望を産む里が必要なのだ
そこで人は目覚め　明日への糧を得る
行くべき道を定め　旅姿の出立を願う
昔《いにしえ》の智慧を多く含んで
迷いを鎮め　合掌の姿を教え
季節の移ろいの人の世の懇願を果たす
人はその里にどれほどの救いを求めただろう
そして又旅人は夢の続きを追い
道なき道から宿命という定めに気付く
神妙な石段からは祈りの呼吸が見える
広がる杜の何とたおやかなことか

そこは迷える魂の癒しの里である
美神のような観音が幻視され
伽藍に鎮座する仏が見える
非業の死を遂げた者も魂の風となって
深い羇旅に沈んでいることだろう
長谷寺遠望　旅人はそれを仰ぎ
己の宿痾に求望の光を訪ねるものだ
現世には何故に多様な出来事が起こるものか
祈りの里でもなければ魂が治まらぬ
風の自由と門前の甍　そこに暮らす人々が
世の諸行を憩うように佇んでいる
宙空には静寂の鎮魂の風が舞っている
それは望めば遠望もまた遥かなものだ
時は止めを知らず動向している

道半ばに倒れた者や希望を捨てた者が
その魂の拠り所をこの古里に救われたものか
旅の無常は野のすすきのように
その風にあおられて吹いている
だが希望が光のように　曙のように
来ると信じて旅行く空は燃えている
杜の憩いの何と深いことだろう
長谷寺遠望は古里を思わせるものだった
願いを叶えよ　そして祈りを深め
道行く旅の姿に静かな勇気を与えよ
伝来の儀式に神仏を崇めれば
きっとそれは救われる旅となる
現世生きてあって尊しと
遠い旅の風が秘して告げるだろう

尊く生きる命の秘仏がそこに眠っている
漂着の果ての長谷寺遠望
そこに祈りの声と合掌を見た
辿り着くのはどの場所か知れない
そして遠望に旅の誘いが生まれるなら
それは辿り着いた定めの時であろう
神仏を尊び　人の世の定めを生きる
遠望はそしてさらに旅をうながすのであった

## 草の道

草いきれの漂う道を独りで歩く
ひとつずつ足跡を残せば轍に変る
そして轍は歳月の歴史になる
平和の訪れを希望する
幻視無量の野の小道を行けば
負うべき面影の漂いに満ちる
声の草の海原に谺が山彦のように落ちる
苦しみも悲しみも歳月の波に洗われて
情動には沈む林道の声となってあふれるのだ
旅が夢を追う追慕ならば

遥かな果てに待っているのは祈願の朝だ
越えて行こう　野の轍を踏んで
微細な風の行方とともに
遠くで炎える歳月の草いきれの道を信じ
夢は燃えるものだと空白の谷から谺が聞こえる
平和を願う山頂の声や滝に打たれて
必死の不眠の砂原を長く生きた
未開の草の地を踏もう
そこには希望という花が咲いている
草の道を歩み行けば風が舞う
美しい山々の希望の奥地に
歳月の平和は早逝した者と共にあること
それを超えて長い旅の夢に出た
無限の空の何と高々しいことか

情念の野の草いきれとともに燃える
幾山河越え来たならば
旅は道となって吹く風が命じるのだ
生命は悲願の全うを呼び込んでいる
草の道を踏み込むことが希望の捻出を生む
行って太陽のまぶしさに打たれれば
旅は目的のない宿命なのだ
そこで草木の花を見ることの幸いに
朝は露に濡れて草の道を行く
それは希望への飢えなのだ
いつしかに風の巻く道も雪もあろう
山姿の何処かに古里がある
安らぎと憩いを生む呼吸の和解も見える
鎮魂の鈴を鳴らして旅を続けよう

おそらくそれによって宿命は生まれたと
風の声が草なびく道の辺に告げるのだった
草の道は巡礼のような祈りを持つ
風の働きが声を呼び醒ますなら
道標の空の杭はきっとそこに在る
歩行の喜びは草踏む微音と共にある
風の平和を空に祈ろう
人事出来事は旅の夜風と思い
それが果たさねばならぬ定めと知れば
きっとおとずれる平和の時の希望のために
自然は神とともに宿命を投げかけ
危機を乗り越えるために空は夢に燃えてあれと
伝心の声は野の遠さを越えている
草の道を望んで行こう

秘して闘いの時は静かに負い
きっと平和の時がおとずれると神に祈ろう
山や谷を越えて出た草の道
そこに情動の蠢きを声にすれば
颪は多分希望の道を拓く
念願を果たすまで旅を続けよう
その果ては知れない
知れないままで情動を汲む

# 坂

山寺の鐘が鳴る
女坂男坂のある山道で
小さな滝に虹を見た
自然はかくも神妙な光景を描くものだ
人世は生誕から死滅に至る坂道である
太陽がはげしく燃えるように
風の常道は沢の谷に吹くものだ
秋には紅葉に燃えるだろう
冬には裸木となって枯葉を落とすであろう
季節はその様に移り　歳月の坂道を

静かな清流とともに登るものだ
女坂はおそらく悲母の幻影を見
男坂は不動の明王の祈りに燃えるものか
坂道がある　山門くぐる山道の森に
遠く来た歳月は幸を願って登るものだ
慈しむ太陽の光が虹を照らすように
希望はおそらく　浄心から涌く
その為の坂道の行き所は祈願の杜である
歴史が惨劇をくり返し
忘れられて平和を覚えるのは祈りの果てだ
山寺は慈悲慈愛とともにあるのだから
欲望も現界の砂の割れ目を起こし
やがて危機の告知の声を殺すだろう
森には鳥が飛び交い　鳴くというのに

苦しめる人は祈願の坂を登る
仏閣の声明に懇願を祈り鎮めれば
苦しめる歳月も祈りに燃えるのだ
坂道を無言で歩めば沈黙の意味も知る
坂道は念願を果たすための小さな旅なのだ
それが人世の業と目覚めれば
仏像は子を抱くように掌を開くだろう
回生を願う祈りが坂道を登らせるのだ
沢のせせらぎが騒ぐように
清浄な時の目覚めを風が教える
坂道は混沌の世の回心の希望である
朝の作務もとどこおりなく終れば
衆生への祈りは伽藍に響く
その祈りが季節の変り目を教え

人は何処か遠い所へ夢を運ぶように
山寺への参詣を果たすのであろう
時は尋常の空にあらず
夕暮れから夜の裂け目へと時をずらしている
果てしない空が碧空の平和であるよう
祈りは合掌の姿で魂鎮めを生む
悲母観音像は何故深き慈愛を呼ぶのであろう
そして山門から浄界へ　坂は浮き彫りにされる
人世坂道を登り行けば祈願は果たせる
その信仰の深さで浄土の奥の院まで辿るのだ
坂は希望への霞の道である
山寺に鐘が鳴る　それは平和を願うためである
人身荒れて暴風の時も
苦難に巻かれて過ごした砂の時も

谷のせせらぎが清流であるように
微動だにしない明王を願うからだ
谷の清流がせせらぐように生命を濯ぐ
奥の院の山頂は眺望開けて感動であった
そして信仰の山は歴史を今に伝える
坂道を登り頂上へ　そしてその先は
峠また峠の深い祈りの旅となった
そうして小さな滝の虹のように
果てない旅の帰来に
山寺の梵鐘が期して蘇るのであった

# 大地

記憶の中に水が流れるような
そんな大地の響きがある
自然はいたる所に命を生み出し　育て
夜来の風も朝の薫りも優しくつつむ
樹木が森に繁るように
生命の営みは無窮の空を生んでいる
空は太陽の神の光の深さだ
あらそいごとが起こらぬように祈る果てに
合掌の朝は祈りを整える
原郷遥かに喜びも悲しみも

大地の呼吸がそれを包んでくれる
生きることの尊さは大地が教えてくれる
暮れる陽も蘇る朝も
やがて祈りにつつまれて大地に微笑を伝える
人間とはもしかしたら大地の風なのかも知れぬ
そして川のように流れて海に出る
神とは在るのではないかと思われた
それは宇宙の小さな出来事の中に
信じられない邂逅が生まれて気づく
空の高さから大地の広がりまで
宇宙は風と水によって生命を生む
悲しい出来事や苦しめる時の呼吸も
群青の黎明が明らむように
喜びの空の高さまで無限の旅をする

耕すものは何であるかは宿命の空が決める
野に草花が萌えるように　あるいはまた
山岳に風の吹く谷を見るように
おそらく自由の声を呼び覚まし
ひと時の颪の音楽に静謐を知る
山川草木いずれかの呼吸であろう
颪に尋ねる　眠れる者は覚醒をうながす
大地に眠る時もあろうが陽を望む
生きている証しが欲しいから必死で颪を呼ぶ
悠久無辺の空と大地
命の尊さは崖の歳月を乗り越え
浮かぶ夢の収穫を覚えたことに気づく
宿痾もまた宿命の無言の抱擁と覚えば
颪は渦巻き　颪は鳴り

懇求の空は乾きに燃えるものだ
鳥が鳴き樹が騒ぎ薄明の空を迎える
無常は大地の砂に吹かれて訪れる
懇願が命の定めと知れば　風は生まれる
ふりそそぐ光の大地と川のせせらぎ
それが記憶の微風となって言葉に変る
生きとし生けるものみな大地の産声となって
風の揺籃の中に育つ
遠い声も　去り行く者の風の声も
おそらくは微風の中から宿命を生む
その定めによって人は旅人となるのだろう
絶望の時の空白も、試練の時であったと知れば
乗り越える指標の先に希望も抱ける
果てない旅路が向かう道を確かに定める

風の歴史を振り向いてみよう
そこには定めを生んだ確かな声が眠っている
巡礼と鎮魂に捧げた祈りが支えとなって
明らめる喜びの空の旅路が希望に変る
大地はその風と光と音楽によって
悠久無辺の空を仰がせる
大地は常に胸に秘めることによって
永遠の空の旅路と希望を呼んでいる

## 願望

流星に願いをかけると叶うという
再生を願って遠い旅に出た
移ろう季節に樹木が色取りを変えるように
何処まで来たのだろう
言葉を失った冬の季節の谷に
新生の願望を持って空を見上げた
遠く離れた人里の山の奥で
希望は何処までも遠くに行くことだった
歳月の荒波が山となり谷となり
願望の夜明けを尋ねるのであった

人の宿命は悲しみも喜びも用意するものだ
星空の彼方に流星が飛ぶように
深い旅の祈願を叶えたかった
旅の途上で振り向けば
流れ来た歳月は苦患の砂の季節を生み
それが声の空白となって時は進んだ
そして失った者の存在の気候に
耐える悲しみに挑まねばならなかった
願望は旅を果たすことである
なぜならばそれは生きる証しだから
無念はほどなく愛の沈黙に
抱けぬままに時を過ごしたことだ
願望とは沈黙の愛に応えるために
空の旅路を明らめることにある

生命とはかくも尊いものかと
無情の戦慄を夜深くに目覚めるものだ
風が知らぬ間に歳月を洗うように
人の宿命の波荒き世界で
愛とははかなく気付くものだと
情念の古里に期して告げるのであった
それが遠い旅路に目覚めを用意し
果たすことの終始を希望とするのであった
願望は旅を果たすことの夢に在る
愛とは何かという命題に始まり
それが旅路遥かに結ぶ誓願に
己を存立をかけて星に望めと
飛びゆく流星に不滅の愛の懇願を
祈り空の深さを思うのであった

希望を星のまたたきのように
望めばきっと叶えられる銀河に
旅の果てまで行路する願望を
その悠久の輝きは増して教えるのであった
願望は叶う夢の実現である
銀河が山腹の空に広がるように
まぶされて祈ることが夢を叶うと
時のたつのを忘れ願いに誘われるのであった
無言の喜びも沈黙に映えよと
支えとなる亡き者の魂の伝えを
受け止めて曙光の空に祈りを捧げるのであった
薄明が群青の空とともに訪れる
賭けた星の願いは至高に命輝けと
宇宙と地と生命の尊びと

下る山道の景色の広がりを感興をもって
それがいわゆる下りの美学となって
命の平和と旅の行路の灯が点るのを
希望と名づけて抱くのであった
流星には幸と平和の願望が賭けられている
それが伝承であったとしても
願望はいささかも薄れず
流星の幻視を見届けるのであった

# 生成

流れる音楽のような風に乗って
遥かな旅路を思えば　回想は
鎮める時を願って彷徨うのであった
山河を越える風も鎮魂の祈りを願って
遠い空に雲海はなびくのであった
ここは何処だろう　行方の定めを
道になぞらえて辿って来たが
鳥が啼く森に悲音はゆるやかに弾むのだった
道を求めれば道に迷う
鼓動の魂の声を求めれば沈黙が涌く

慰めとは森に吹く風のように
移ろう夏の終わりの静けさのなかで
息づきに漂う覚めた風の揺籃に眠ることだ
道は遠い。遠いながらも目覚めを待っている
黎明の静かな風と明るみの中で
新たな息吹きを求めれば
風の旋律は笛のように吹き流れるものだ
生成とは生まれ変る願望を抱くことだ
それが風景へのいざないとなって
絹の道のような通路を開く
人に勇気を与え、勇気を得る
旅は深い風の渦に声を育む
雨も嵐も雨後の虹を思えば生きられる
尋ねよう、何処までの道のりなのかと

そして、道を拓けば世界は変る
自然の豪雨も生成の風を産めば
遠い遥かな道も標べをなぞらえて歩めるものだ
懸崖を超えてきた風は微風強風の律動を持つ
沢水の響く峠も越えれば　人里が近いように
清風の雲のごとく声の音楽に乗ることだ
定めを知って定めを生きる
その原風景に生成する声を望めば
荒れた天候の季節の砂の原も
潤いの音楽の流れに情動は沈むものだ
尋ねる道が遥かならば
そこに宝珠のような静かな魂を見ることだ
風は呼び覚ます　静寂の微音の中に発覚はあると
霞がかった空に緑蔭が浮かび

旅路遥かに絹の道の音楽を聞けば
歳月が過ぎても道はあると
揺籃の音楽に身を浸すのであった
原風景がある。それは歳月の波に洗われた故郷だ
遠い旅が風を呼び込む、その微動に
はかなくも逝った者の微笑も浮かび沈むのだ
声なき声の音楽の流れに添えば
遠く道は呼び声を木霊と産み
自然は常に変化と変動を震わせ
新しき命の生成に空は焦がれるのだ
生まれ変る、それは情動の木霊だから
微音の風の呼び声として
生成は深い思慮に漂うことだ
鳥のさえずり、風の道の音楽を

行くべき空の中心に生成の願いを置くこと
祈りの合掌は何処に生まれるのか
遥か来た道を未来に継なぐための褥にある
平和を願い、新しき生成を願う
それは宿命の目覚めと旅にある
原風景とは何処か風に尋ねる
その発覚によって
風に寄り添った旅が出来る

# 颪の中で

生きることは旅そのものだから
行き暮れる空の深さも訪れるものか
谷底をのぞむような吊り橋も渡ってきた
そこで覚えたのは眠る歳月の非望であった
旅とは行方知れず浄心を洗うもの
登る先の眺望に誘われるように
見えない頂きに人は焦がれるものだ

濁った水も濾過すれば浄水に変る
幾度となく滝に打たれたが

それはおそらく浄心を望むことで
行方の平常を願望として定めることか
旅とは風に吹かれて彼方の夢に焦がれることだ
谷底深く歳月に行き暮れれば
陽の昇る自然にいざなわれるものだ

路に暮れれば無為も生む
眠りから覚めるには旅を用意することだ
成すべき衝動にかられて
向かうべき完全な喜びの空を求めて
遥かなるものが未来の呼び声となって
旅は野の平和と希望を祈ることだろう
風の中心は旅の憧憬にあるものか

何処とも知れぬ風は旅を生む
歳月は羇旅歌のように波の音響を潜ませ
苦しみ悲しみの夜を越えさせる
行き暮れたら夢を想おう
それは宿命の中に咲く華のように
現実の働きの天然の空に生まれる
空が旅に行き暮れの黎明を呼んでいる

充足を求めて充足を知る
その幸いの深さに喜びを想おう
高い空と谷底の深さは
調和という源流によって結び着く
眠りも深ければ目覚めも深い
覚知を風の中心に誘われて望めば

路は遠い旅の空に雲と生まれる

惑わずに道を明らめよう
希望はその求める所に生まれるものだから
空の高さが無限であるように
祈りに結ばれてくる風の声を聞こう
生涯の旅は非望への微震の闘いにある
人は旅人だから情動あるがままに
浄心に生まれる華の夢を追うがいい

行き去った日も未来の憧憬も
抱く夢の褥に望むべき空は生まれる
風の中で野の草花がそよぐように
遠い憧れは深い空に涌く

風に打たれたら中心を想おう
それは定めを負う所から生まれ
思慮深く喜びの路を生きる風の中にある

どの路が幸を生むものか
浄心の華を幻視するように路を尋ね
尋ねることがまた旅であるような
野の草の褥に眠りから覚める
風の中で中心を求める
定めの中で中心の希望の路に焦がれる
それが旅となって
越えていく風の中に身を晒すのであった

# 後書き

遠い旅も終わりではないが区切りをつける。ここで捻出したものは、まだ旅として続くが、この先何が見えてくるのか、明確には分からない。それも野分のようなものだから、前進していってみる他はない。未来も過去も現在も、歩を進め、出来得れば時と生の充実として足跡となればと思っている。旅は続く。それは果てがないためである。その時々に充足を轍として残していく他はない。行くべき道は未明のものである。出来れば詩作という様式によって灯火、希望を生きたいという願いがある。そうして、人は旅人のようなものであろうから、自分は自分の道を明らめる他はない。

ここで私は「遠い旅」と銘打った。それは何か大事なものが、予感として、憧れとして、また宿命として、定めのようなものも見たいがためかも知れぬ。果たすべきものが未明であるとしても、生きている発覚のようなものを綴りたい、そんな欲望が隠せないのである。それは旅の果ての夢への飢えのようなものが発語に働いている。そして、現在というものを凝視することによって、失ったものや、得られるものを、糧として足跡を残したいのである。

十分でないのであるから未完なのである。ただ発語を希望として、詩というべきものを書いていきたい、と思う。人は自分なりの旅をするしかないのだと思う。

人はこの「遠い旅」を一篇の長編詩として読んで下さって良いと思える。それは何よりも生の軌跡なのだから、そこに連続性が生まれるのも自然であろう。そして序幕であるかも知れない、途上でもあるのか。ただ言えることは果てのない旅を生きるしかない、ということである。見えたものを、その深まりとして尋ねる他ないのだと思う。そうした意味で、ある証しとして、この詩集『遠い旅』を発行する。「時が成熟させる」ということがある。そして成熟するものが何をもたらすか、解らないままでも尋ねてみる、その飢えがあるかぎり「遠い旅」なのである。

今回も七月堂知念明子さんのご好意とお世話になった。尚、配列は創作順、発表誌は田川紀久雄氏「操車場」である。区切りをつけたかった。関係諸氏に感謝である。

上野芳久記

著者略歴

上野芳久（うえのよしひさ）
昭和23年生まれ　法政大学教育学科卒

1973年　『流れる時のノート』（私家版）
1976年　詩集『立枯れ』（位置出版部）
1978年　エッセイ集『不安の未来』（位置出版部）
1979年　詩画集『灰色の光』（七月堂）画・堀正明
1982年　詩集『日没ののちに』（位置編集室）
1984年　詩集『風のあらがい』（矢立出版）
1988年　評論集『北村透谷『蓬萊曲』考』（白地社）解説・北川透
1989年　詩集『荒川通信』（福田正夫詩の会・焰叢書）
1991年　詩集『さくら草』（七月堂）
1992年　『戸田の文学探訪』（戸田市）【埼玉県文化ともしび賞受賞】
2008年　詩集『さすらい』（七月堂）解説・堀部茂樹
2009年　詩集『夜明け』（七月堂）解説・坂井信夫
2010年　詩集『陽炎《かげろう》』（七月堂）
2011年　評論集『田中恭吉—生命の詩画』（七月堂）
　　　　【埼玉文芸賞受賞】【戸田市一般功労表彰】
2013年　詩集『架橋』（七月堂）
2014年　詩集『現身《うつしみ》』（七月堂）
2015年　詩集『おとずれ』（七月堂）解説・橋豊
2016年　詩集『風のいざない』（七月堂）栞・寺田操
　　　　特別記念版　限定20部　制作担当・松岡章

その他　「文化展望—生命の芸術」NHKテレビ（1975年）
　　　　「戸田の文学散歩」テレビ埼玉（1989年）出演
　　　　「戸田市立図書館—上野芳久コーナー特設」
　　　　「位置」編集者等

現住所
埼玉県戸田市南町8-8

# 遠い旅

二〇一六年一二月一五日　発行

著　者　上野　芳久

発行者　知念　明子

発行所　七　月　堂

〒一五六―〇〇四三　東京都世田谷区松原二―二六―六

電話　〇三―三三二五―五七一七

FAX　〇三―三三二五―五七三一



Printed in Japan

ISBN 978-4-87944-261-1 C0092